AF396569

LES COURONNES,

DIVERTISSEMENT-FÉERIE,

A L'OCCASION DU MARIAGE

D E

NAPOLÉON-LE-GRAND,

EMPEREUR DES FRANÇAIS, ROI D'ITALIE,

E T

DE MARIE-LOUISE,

ARCHIDUCHESSE D'AUTRICHE ;

PAR M.ʳ DE BEAUNOIR.

A PARIS ;

Chez M.ᵐᵉ MASSON, Libraire, Éditeur de Musique
et de Pièces de Théâtre, rue de l'Échelle, N.° 10, au
coin de celle St.-Honoré.

1810.

AVERTISSEMENT.

L'AUGUSTE hymen de S. M. l'Empereur avec
MARIE-LOUISE Archiduchesse d'Autriche, signal
du bonheur des Français, et gage assuré d'une paix
aussi solide que glorieuse, excite l'enthousiasme
dans tous les cœurs : mais il ne suffit pas de la bien
sentir pour oser l'exprimer :

» Car pour chanter Achille, il faut être un Homère. »

Il est d'ailleurs des personnages trop illustres
pour pouvoir les mettre en scène : j'ai donc cru
qu'il fallait les couvrir du voile léger de l'allégorie,
et j'ai composé le Ballet-Féerie *des Couronnes*, que
j'ai adressé à l'Albane de la danse.

On verra par sa réponse, les raisons qui l'ont
empêché de le monter, et qui ont privé mon ouvrage de l'honneur de la scène, et du prix que ses
talens et une brillante exécution lui eussent cer-
tainement donné.

Réponse de M. GARDEL, *maître des Ballets de
l'Académie Impériale de Musique, à M.* DE
BEAUNOIR.

Paris, ce 8 Mars 1810.

MONSIEUR,

« J'ai reçu la lettre que vous m'avez fait l'honneur de
» m'adresser, et je m'empresse d'y répondre. Je vous

» dois d'abord mille et un remercîmens des choses hon-
» nêtes et beaucoup trop flatteuses que vous avez la bonté
» de me dire et que je desirerais bien mériter ; ensuite je
» dois vous témoigner mes regrets de ne pouvoir accepter
» l'offre que vous me faites de me joindre à vous pour
» l'exécution d'un ouvrage qu'il m'eût été bien agréable
» de traiter... Mais en mettant sous vos yeux les travaux
» qui nous sont ordonnés par S. M. elle-même, ce sera
» mettre au jour les motifs, non de mon refus, mon-
» sieur, car je suis bien loin d'en faire, mais des obstacles
» qui s'opposent au plaisir que j'aurais eu de vous être
» agréable.

» Le 20 de ce mois l'opéra d'*Abel* ; le lundi de Pâques,
» *Persée et Andromède*, ballet en trois actes : quinze jours
» après, l'opéra *des Bayadères* ; au commencement du
» mois de mai, *l'Enlèvement des Sabines*, ballet en trois
» actes : quinze jours après, l'*Armide* de Gluck, ensuite
» les opéras *de Sophocle* et *des Danaïdes*.

» Voyez, monsieur, et jugez si le malheureux maître
» des ballets peut se détourner un instant du cercle qu'on
» lui a tracé.

» Je vous prie de croire au véritable chagrin que j'é-
» prouve de la privation qui m'est imposée, et à la res-
» pectueuse estime avec laquelle je suis,

Monsieur,

» Votre très-humble et très-obéissant serviteur,

G A R D E L.

INTRODUCTION.

Lᴇ génie Léopardo, Souverain des Isles Noires met son bonheur et sa gloire à troubler la terre; mais il a lu dans le livre des destins que son pouvoir serait détruit le jour qu'un héros réunirait sur son front quatre couronnes. Celle de laurier, comme Vainqueur, celle d'olivier comme Pacificateur, celle d'immortelles comme Législateur, enfin celle de roses, comme époux de la Princesse la plus aimable et la plus douce de son siècle.

Long-tems il a cru qu'un pareil héros était un être imaginaire; mais son espoir est déçu. Le Prince Victor, Souverain de l'Isle des Lauriers, fils de la fée Félicianne a réalisé le prodige; déjà son front porte la triple couronne de laurier, d'olivier et d'immortelles. Il ne lui manque pour assurer le bonheur du monde que de trouver la Princesse dont il doit être l'heureux époux.

Léopardo sait que cette Princesse destinée à faire les délices de l'Isle des Lauriers, est la Princesse Loysia, fille du Souverain des trois royaumes : il faut la soustraire aux yeux de Victor. Par le pouvoir de ses conjurations, il la métamorphose en rosier, et son enchantement ne doit finir que lorsque le Prince, bravant toutes les épines dont sa tige est environnée, en cueillera la rose.

Victor après avoir reçu les couronnes de Vain-queur, de Pacificateur, et de Législateur, est transporté dans un parterre enchanté, où il doit choisir la fleur qui doit former sa quatrième cou-ronne, et assurer son bonheur en faisant celui de la terre.

Parmi les plus brillantes fleurs qui émaillent ce parterre, trois se font remarquer par dessus toutes les autres : la perce-neige, la jacinthe, et la rose. C'est sur elles trois qu'il fixe ses regards : il balance un moment, mais enfin il s'arrête à la rose ; et, bravant les épines et les feux dont Léo-pardo l'environne, il la cueille.

A l'instant le pouvoir du génie malfaisant est détruit, l'enchantement de Loysia cesse, le rosier disparaît. La jeune Princesse se montre brillante de tous les charmes de la jeunesse. Victor, au comble du bonheur, la conduit au temple de l'Hymen, où il reçoit sa main à l'autel, dont une simple colombe allume le feu à la foudre que porte l'aigle superbe.

LES COURONNES,

DIVERTISSEMENT-FÉERIE.

PERSONNAGES.

La Fée FÉLICIANNE.

Le Prince VICTOR , fils de la Fée Félicianne, souverain de l'isle des Lauriers.

La princesse LOYSIA , fille du roi des Trois-Royaumes.

Le Génie LÉOPARDO, prince des Isles-Noires.

La GRANDE-PRÊTRESSE de l'Hymen.

PRÊTRESSES de l'Hymen.

Troupe de guerriers.

Troupe de vieillards et de sages.

Troupe de jeunes femmes et d'enfans.

de l'île des Lauriers.

Matelots et Forbans, formant la suite de Léopardo.

Suite de la Fée Félicianne.

La Scène se passe dans l'île des Lauriers.

LES COURONNES,

DIVERTISSEMENT-FÉERIE.

SCÈNE PREMIÈRE.

Le théâtre est fermé par le péristile du temple de
Mars. A droite est celui du temple de la Paix ;
à gauche, celui du temple de Thémis.

VICTOR, TROUPE DE GUERRIERS.

[Au lever de la toile, Victor., précédé d'une troupe de
guerriers, sort du temple de Mars dont il ferme les
portes.]

VICTOR.

Oublions les combats et rappelons les arts :
 Reposez-vous dans une paix profonde.
  En fermant le temple de Mars,
  J'assure le bonheur du monde.

UN GUERRIER, *offrant à Victor une couronne de lauriers.*
  Recevez le prix de la Gloire ;
  C'est à vous seul que vos guerriers
  Doivent offrir tous les lauriers
 Qu'ils ont cueillis aux champs de la Victoire.

VICTOR, *recevant la couronne avec reconnaissance.*
  En recevant cette couronne,
  Son prix, le plus grand à mes yeux,

Et le seul que j'ambitionne,
Est de rendre mon peuple heureux.

[Évolutions militaires.]

SCÈNE II.

VICTOR, TROUPE DE GUERRIERS, TROUPE DE
JEUNES FEMMES ET D'ENFANS.

[Une troupe de jeunes femmes et d'enfans descend du
temple de la Paix et vient tomber aux pieds de Victor
en lui présentant une couronne d'olivier.]

UNE JEUNE FEMME.

Souvent des Souverains on redoute la gloire :
La vôtre n'est pour nous qu'un gage de bienfaits.

UN JEUNE ENFANT.

Vous n'avez cherché la Victoire,
Que pour mieux assurer la Paix.

VICTOR, *prenant la couronne et les relevant avec bonté.*

Heureux le Souverain qui, déposant ses armes,
Se voit de ses sujets et l'amour et l'appui.
Qu'il est heureux de dire, en tarissant leurs larmes :
J'ai tout fait pour mon peuple et ne vis que pour lui.
Sans crainte désormais livrez-vous à la joie ;
Qu'une pure alégresse à mes yeux se déploie.
Par les nœuds du plaisir enchaînant mes guerriers,
Mèlez les fleurs aux fruits, et le myrthe aux lauriers.

[*Danse agréable dans laquelle les femmes et les enfans s'em-
parent des armes des guerriers et les enchaînent de fleurs.*]

SCÈNE III.

LES MÊMES, TROUPE DE VIEILLARDS ET DE SAGES.

[Les Vieillards et les Sages, en sortant du temple de
Thémis, interrompent ces danses.

Ils présentent à Victor une couronne d'immortelles et un
livre d'or, sur lequel on lit : *code des lois.*]

LE CHEF DES VIEILLARDS.

Dans son temple sacré rappelant la Justice,
Vous avez fait pâlir le méchant et le vice.
        C'est en dictant de sages lois
Qu'à l'immortalité l'on s'assure des droits.
[*Victor pose son glaive sur le livre d'or , et fait jurer au
peuple et aux guerriers de se soumettre aux lois.*]

LE CHEF DES VIEILLARDS.
        Que la foudre frappe les têtes
Des méchans qui voudraient un jour s'en écarter.

VICTOR.

C'est pour votre bonheur que ma main les a faites ;
        Mon bras saura les faire respecter.

SCÈNE IV.

LES MÊMES, FÉLICIANNE.

[Une musique harmonieuse annonce la fée Félicianne qui
descend sur un nuage brillant qui couvre entièrement le
fond du théâtre. Elle embrasse tendrement son fils, qui
lui présente ses trois couronnes.]

FÉLICIANNE.

Sages, Peuple, Guerriers, de votre amour sincère
Combien, pour un héros, cet hommage est flatteur !
C'est assez : permettez, qu'à son tour, une mère
Au plus tendre des fils annonce le bonheur.

[*Les viellards, les femmes et les guerriers se retirent.*]

SCÈNE V.

FÉLICIANNE, VICTOR.

FÉLICIANNE.

Autour de toi, mon fils, tout ce peuple empressé
Ne t'adressera plus sa voix triste et plaintive :
Ta main, sur le laurier, vient de greffer l'olive.

VICTOR.

Je vois mon peuple heureux, je suis récompensé.

[Félicianne, d'un coup de baguette, fait disparaître le
nuage sur lequel elle est descendue. Au péristile du
temple de Mars a succédé celui du temple de l'Hymen.
Félicianne le lui montre, et lui dit :

FÉLICIANNE.

Le superbe laurier, l'olive, l'immortelle,
Couronnent votre front, comblent votre desir :
L'amour vous en prépare encor une nouvelle;
    Mais c'est à vous à la choisir.
Votre nom est écrit au temple de mémoire :
Vainqueur, législateur et pacificateur,
Quand vous avez donné tous vos jours à la gloire,
Vous devez en donner au moins un au bonheur.

VICTOR.

Je cède au sentiment qui m'anime et m'enflamme :
    D'un feu nouveau vous embrâsez mon ame ;
Je vais avec plaisir former les plus doux nœuds,
Si mon himen peut rendre un jour mon peuple heureux.

FÉLICIANNE.

N'en doutez pas, mon fils, cette heureuse alliance
A vos travaux encor va donner plus de prix :
De vingt peuples soumis vous comblez l'espérance :
Qu'une si belle fleur leur promet d'heureux fruits !
La Beauté vous attend, allez poser vos armes.
N'offrez que les plaisirs à ses timides yeux,
Loin d'elle, pour jamais, écartez les allarmes.
La douceur ne doit voir que l'Amour et ses jeux.

SCENE VI.

FÉLICIANNE, seule.

Qu'il est cruel, pour une tendre mère,
De ne pouvoir d'un fils éclairer l'heureux choix !

Mais son bonheur est encore un mystère,
Et je le détruirais en élevant la voix.
[D'un coup de baguette, elle change le devant du théâtre
en un jardin enchanté où brillent mille fleurs. Le fond du
théâtre reste toujours le même, fermé par le péristyle
du temple de l'Hymen. Au milieu du théâtre est un vase
d'albatre dont s'élancent trois fleurs : une Rose, une
Perce-Neige, une Jacinthe. On lit sur le socle du vase :
» Choisis l'une de nous trois :
» Ton bonheur dépend de ton choix. »]

FÉLICIANNE, appercevant Léopardo.
Mais je vois s'avancer ce perfide génie
Qui, sur les mers, exerce un pouvoir insolent :
Trop long-tems son audace est restée impunie,
Et la foudre bientôt brisera son trident.

SCENE VII.

FÉLICIANNE, LÉOPARDO.

MATELOTS ET FORBANS, FORMANT LA SUITE DE
LÉOPARDO.

[Léopardo arrive dans un char traîné par des léopards ; il
est entouré de forbans et de matelots ; il tient à sa main
un trident en guise de sceptre.]

FÉLICIANNE.

Qui vous amène à cette fête
Que nous consacrons au bonheur ?

LÉOPARDO.

De ce jour heureux qu'on apprête
Je mets ma gloire à troubler la douceur.

FÉLICIANNE.

Victor saura braver votre impuissante rage.
Tout cède à son génie, ainsi qu'à sa valeur.

LÉOPARDO.

J'oppose à son bouillant courage,
De mes trésors le charme séducteur.

FÉLICIANNE.

Le ciel, le juste ciel sait mettre un terme au crime.
Ta fureur trop long-tems a troublé l'univers.

LÉOPARDO.

En souverain je règne sur les mers.

FÉLICIANNE.

Le soufle d'un héros peut t'en ouvrir l'abîme.
Bientôt l'on va goûter dans cet heureux séjour,
Les douceurs d'une paix profonde.

LÉOPARDO.

Je veux être l'effroi du monde.

FÉLICIANNE.

Mais Victor en sera l'amour.

[Félicianne sort en le menaçant.]

SCÈNE VIII.

LÉOPARDO, TROUPE DE FORBANS ET DE MATELOTS

LÉOPARDO.

Eh quoi de mes efforts perdrais-je donc le fruit?

Si Victor choisit bien, il rend la paix au monde :
Je sens que sous ses coups il faut que je succombe,
    Et mon empire est à jamais détruit.
Que l'adresse me prête une force nouvelle :
    En augmentant le charme de ces fleurs,
    Empêchons que de la plus belle,
Il ne puisse sentir le prix et les douceurs.

[Léopardo trace des cercles magiques autour de chaque
   fleurs, qui augmentent l'éclat de la perce-neige et de la
   jacinthe, et cachent au contraire tout celui de la rose.
Pendant ses conjurations les matelots et les forbans exécu-
   tent une danse de caractère, ils s'éloignent à l'arrivée de
   Victor.]

SCÈNE IX.

VICTOR, LÉOPARDO.

[Victor est en simple habit de chevalier.]

LÉOPARDO.

Victor, je rends justice à ton noble courage ;
Soyons unis : tous deux partageons l'univers.
Je me contenterai de régner sur les mers :
La terre offre à tes vœux un assez beau partage.

VICTOR.

J'ai cherché sans détour au milieu des combats,
La gloire de mon peuple et le bonheur du monde :
Je veux voir l'univers dans une paix profonde
    Et nos cœurs ne s'entendent pas.
Le mien sait pardonner des outrages reçus :

On m'a vu, bien souvent, dans le champ de la gloire,
Descendre sans effort du char de la victoire,
         Pour offrir la paix aux vaincus.
Pour tous vos alliés le vôtre est sans pitié.
Dans l'abyme toujours votre main les entraîne.
         Et votre perfide amitié,
         Est plus funeste que ma haine.
         L'aigle méprise le vautour :
L'un fixe le soleil, et l'autre craint le jour.

LÉOPARDO.

         Je ne t'offrais mon alliance
Que pour mieux préparer en secret ma vengeance.
         Celui qui regne sur les mers,
      Doit tôt ou tard regner sur l'univers.

VICTOR.

Je brave ton courroux, ton empire éphémère
         A l'instabilité des eaux :
Le chêne, le laurier s'élèvent sur la terre,
      Et les marais produisent des roseaux.

[Léopardo sort en menaçant Victor qui le brave.]

SCÈNE X.

VICTOR, seul.

[Victor admire l'éclat, la beauté, la fraîcheur des différen-
   tes fleurs qui s'offrent à ses regards. Il s'arrête devant
   le vase qui est au milieu du théâtre et sur le socle duquel
   il lit :
         » Choisis l'une de nous trois,
         » Ton bonheur dépend de ton choix.

Aussitôt qu'il a lu cette inscription, le vase disparaît : et l'on voit s'élever sur les côtés du théâtre trois touffes de jacinthes, de perce-nieges et de roses.

Toutes les fois que Victor s'approche des touffes de jacinthes ou de perce-neiges, une musique douce et agréable semble l'inviter à les cueillir, tandis que des sons terribles et menaçans le repoussent du rosier.

Victor accoutumé à vaincre tous les obstacles, se détermine en faveur de la rose, et déjà il y porte la main.]

SCÈNE XI.

VICTOR, LÉOPARDO.

[Dans ce moment Léopardo paraît au fond du théâtre, sans être apperçu de Victor : il agite vivement son trident. Aussitôt l'air se trouble, le ciel s'obscurcit, les vents mugissent, les éclairs sillonnent les nuages, la foudre gronde et tombe sur le rosier qui paraît tout en feu, et que la flamme environne.

Victor reste indécis, il ne sait s'il doit regarder ce prodige comme un avertissement que lui donne le ciel de s'écarter de la rose, mais son indécision ne dure qu'un moment. Il brave les flammes, les traverse et cueille la rose.

Léopardo furieux trace un cercle autour de lui, un gouffre de feu s'ouvre aussitôt et l'engloutit.]

SCÈNE XII.

VICTOR, LOYSIA.

[A peine le prince a-t-il cueilli la rose, que le rosier disparaît

et fait place à la princesse Loysia brillante de jeunesse et
de grâce. Elle tend la main à Victor qui la baise avec
transport.]

LOYSIA.

Comment vous exprimer ce que mon cœur ressent !
        Par un cruel enchantement,
Léopardo m'avait soumise à son empire.
Le plus grand des héros pouvait seul le détruire.

SCENE XIII.

FÉLICIANNE, VICTOR, LOYSIA, suite
DE FÉLICIANNE.

[Le ciel reprend tout son éclat, Félicianne paraît suivie
d'une cour brillante : elle vole à la jeune princesse, qu'elle
serre dans ses bras, et la présente à Victor, en lui disant :]

FÉLICIANNE.

Fille d'un roi puissant, cette jeune princesse
Par le don de sa main fera votre bonheur :
Aux charmes les plus doux elle joint la sagesse,
Et l'hymen réunit la force et la douceur.
Au titre de vainqueur joignez celui de père,
Mêlez à vos lauriers le myrthe et l'olivier.
        Après avoir conquis la terre,
    Mon fils, ah ! qu'il est doux de la pacifier.
    A ce héros quand j'ai donné le jour,
    Son berceau fut le char de la victoire.

L O Y S I A.

Je lui promets douceur, je lui promets amour,
Et son bonheur fera ma gloire.

FÉLICIANNE conduisant Victor et Loysia au temple de
l'hymen.

Le temple de l'hymen va s'ouvrir devant vous,
Et l'univers charmé bénit des nœuds si doux.

SCENE XIV et dernière.

FÉLICIANNE, VICTOR, LOYSIA, LA GRANDE
PRÊTRESSE DE L'HYMEN, PRÊTRESSE DE L'HYMEN,
SUITE DE FÉLICIANNE, SAGES ET VIEILLARDS,
PEUPLE.

[Les portes du temple s'ouvrent et en laissent voir l'inté-
rieur au milieu duquel est un autel sur lequel on lit :
AUTEL DE L'HYMEN. Les prêtresses forment un demi-cer-
cle derrière la grande prêtresse. En avant du temple,
les deux côtés du théâtre sont remplis par la suite de
Félicianne, les guerriers, les sages et les vieillards, les
femmes et les enfans. Félicianne monte dans le temple
avec Victor et Loysia, elle les présente à la grande
prêtresse qui s'apprête à recevoir leurs sermens et à les
unir : mais son flambeau ne peut allumer le feu sacré.
Dans ce moment, un aigle superbe vient planer sur l'autel,
il porte dans ses serres un foudre enflammé. Une simple
colombe s'élance de l'autel, vole vers l'oiseau de Jupiter,
qui lui cède la foudre. La colombe redescend sur l'autel
et allume le feu sacré. La grande prêtresse unit alors
le prince et la princesse.]

LA GRANDE PRÊTRESSE.

Vos nœuds vont assurer le repos de la terre;
Elle ne vit jamais briller un jour si beau.
Hymen! c'est au feu du tonnerre
Qu'une douce colombe allume ton flambeau.

CHOEUR DU PEUPLE.

Votre hymen va donner la paix aux nations,
Toutes vont célébrer une union si belle.
C'était pour vous que nous l'aimions,
Elle a parue, et nous l'aimons pour elle.

LA GRANDE PRÊTRESSE.

Dieu! dont il releva les autels abattus,
Accorde un juste prix à ses rares vertus!
Exauce les vœux de la terre :
A ses titres brillans, joins un titre plus doux;
Celui d'heureux époux, celui de tendre père,
Et que son sang règne à jamais sur nous!

CHOEUR GÉNÉRAL.

Et que son sang règne à jamais sur nous.

FIN.

DE L'IMPRIMERIE DE P. NOUHAUD,
Rue du Petit-Carreau , N.° 32.